Le pacha trompé ou Les deux ours

Ernest Doin

Édition et mise en page : Culturea (Hérault, 34)
Retrouvez notre catalogue sur http://culturea.fr/
Contact : infos@culturea.fr
Imprimé en Allemagne par Books on Demand Gmbh
Design typographique et layout : Derek Murphy et Reedsy
ISBN : 9791041991556
Date de parution : Mars 2024

PERSONNAGES

SCHAHABAHAM, pacha (caractère crédule).
MARÉCOT, son conseiller, (comique).
VICTOR, jeune français esclave, favori du pacha.
AUGUSTE, ami de Victor.
TRISTAPATTE, oncle de Victor (bonhomie).
LAGINGEOLE, son associé (conducteur d'animaux).
ALI, premier eunuque.
Le grand estafier ; troupe d'esclaves ; seigneurs.

Le théâtre représente une cour de sérail ; une grille au fond ; une porte sur le côté ; à gauche, une grille où est écrit sur le côté : « petite ménagerie » ; un arbre est devant cette grille, arrangé de manière à ce que Tristapatte puisse descendre ; à droite sur l'avant-scène, un trône pour le pacha ; portes au fond avec perron.

Scène 1re

Au lever du rideau VICTOR et AUGUSTE sont assis et semblent plongés dans la douleur.

AUGUSTE

Comment ! on n'a point de ses nouvelles !

VICTOR

Le dernier bulletin annonçait du mieux, mais le médecin du sérail vient d'arriver et nous somme tous dans une anxiété…

AUGUSTE

Ce n'est pas rassurant.

VICTOR

Savez-vous que cette perte serait affreuse.

AUGUSTE

Oui, pour le pacha qui ne peut se passer de son favori.

VICTOR

Et pour nous surtout, car enfin, cet ours était assez bonne personne ; il ne méritait peut-être pas la place importante qu'il occupait ; mais on ne peut pas dire qu'il ait abusé de sa faveur, et on ne peut lui reprocher aucune injustice, ni aucun acte arbitraire.

AUGUSTE

C'est bien vrai.

VICTOR

Et puisqu'il faut absolument que le sultan ait un favori, sait-on qui lui succédera ?

AUGUSTE

Mais cette perte devrait vous effrayer moins que tout autre ; on sait combien vous êtes aimé du pacha ; parmi tous les esclaves, vous êtes le seul qui puissiez faire vos volontés ; il vous a donné une superbe bibliothèque… enfin, je crois que pour vous, il n'y a rien que puisse vous attrister.

VICTOR

Qu'oses-tu dire ?… Ne sais-tu pas combien je vis dans l'inquiétude ?… Écoute et comprends bien ma position. Il y a trois ans que mon oncle Tristapatte et son associé Lagingeole avaient décidé de visiter les cours étrangères pour y exhiber leurs nouveautés d'animaux savants ; je ne sais par quelle fatalité, mon oncle, qui pourtant est la bonté même, décida que je partirais en avant pour Smyrne. J'étais doué de quelques talents pour la musique et je baragouinais assez bien la langue turque ; on me fit donc embarquer à Marseille sur un bâtiment marchant ; pendant quelque temps la traversée, paraissait devoir être heureuse, mais environ trois semaines après le départ, une tempête affreuse s'éleva, et les vents étant contraires, nous fûmes jetés sur cette plage où abondent des corsaires, et je fus recueilli par des musulmans :… je ne sais ce que devint le capitaine ainsi que son équipage… Après quelques jours de repos, un homme me conduisit au sérail et me présenta au seigneur Marécot, premier ministre du pacha. Il parut touché de mon malheur ; ma jeunesse, ma figure parurent faire une certaine impression sur ce brave homme ; il me fit endosser des vêtements turcs, me présenta au pacha comme son neveu, lui raconta à ce sujet une fable ; le pacha m'accueillit bien, me fit pour ainsi dire son favori et voilà pourquoi aujourd'hui, on m'appelle l'esclave bien-aimé du pacha. Mais je te le demande, Auguste, si tout se découvrait… tu connais le pacha, il n'y aurait pas de grâce à espérer et ton ami Victor ainsi que le brave Marécot serait mis à mort sans aucune forme de procès… Maintenant, Auguste, crois-tu que je n'aie pas lieu d'être triste ?

AUGUSTE

Je connaissait un peu de votre histoire par une conversation que vous eûtes un jour dans le jardin du palais avec le seigneur Marécot. Mais, encore une fois, le pacha vous aime beaucoup, vous le charmez par votre talent pour la musique, vous êtes admis dans l'intérieur du palais, ce qui n'est guère permis à aucun esclave ; moi-même, français comme vous, je jouis d'une certaine liberté, grâce à vous ; vous fûtes aussi touché de mon malheur que je vous racontai… Mon père, ma mère, massacrés par les pirates, et moi, vendu comme esclave, assujetti aux ouvrages les plus durs !… Encore une fois, Victor, c'est à vous que je dois d'être délivré de mes maux ; le pacha m'a mis près de vous pour vous servir et vous avez bien voulu que je sois votre ami.

VICTOR, *lui prenant la main*

Non pas un ami, Auguste, mais un frère !… Que le Ciel écoute ma prière et tout me dit qu'un jour nous serons libres et que nous reverrons la France !

AUGUSTE, *regardant au fond*

Ah ! mon Dieu ! que nous veut le seigneur Marécot, d'où lui vient cet air consterné ?

Scène 2e

LES MÊMES.

MARÉCOT, *arrivant tout effrayé*

Mes amis !… C'en est fait !…

VICTOR

Comment !… Il n'est plus ?

MARÉCOT

Vous l'avez dit : l'ours a vécu… il n'a pas même voulu attendre la visite des médecins.

VICTOR

On a beau dire… cet ours-là n'était pas sans intelligence.

MARÉCOT, *d'un air détaché*

Oui, c'est un grande perte pour la ménagerie, car, à la cour on peut s'en passer.

VICTOR, *surpris*

Comment, seigneur Marécot, vous qui l'aimiez tant ?

MARÉCOT

Je l'aimais… je l'aimais… je l'aimais comme tout le monde, quand le pacha était là ; je ne l'aurais pas dit de son vivant !… Mais c'était bien le plus vilain animal !... Et d'un caprice... des caprices... beaucoup de caprices... Moi qui étais attaché à sa personne, j'ai été à même de l'apprécier... Et Dieu merci, j'en dirais long, si ce n'était le respect qu'on doit aux gens qui ne sont plus en place.

COUPLET

AIR : *Prenons d'abord l'air bien méchant.*
Il joignait l'air d'un intrigant
À l'astuce d'un diplomate,
Et quoiqu'il fit le chien couchant,
Donnait souvent des coups de patte ;
Taciturne, il grognait toujours,
Et dans sa fierté monotone,
Sous prétexte qu'il était ours,
Monsieur ne parlait à personne.

VICTOR

Ce qui n'empêche pas que voilà tout le palais en deuil.

MARÉCOT

Le moyen de faire autrement. Pour peu que le seigneur Schahabaham se désole, il faudra bien faire comme lui, et ce n'est pas gai ; mais dans notre état... le maître avant tout.

COUPLET

AIR : *À mes dépens est-ce que vous voulez rire ?*
Dès qu'il va mal, ma santé se dérange,
Dès qu'il est gai, moi je ris aux éclats ;
S'il n'a pas faim, je ne bois ni ne mange,
S'il a sommeil je ronfle avec fracas *(bis).*
Mais l'ours est mort, jugez donc quelle scène
Dans ce palais nous allons essuyer ;
Je sens déjà mes yeux se mouiller,
Car vous savez que dans toutes ses peines

C'est toujours moi que pleure le premier,
Car vous savez que dans toutes ses peines,
C'est toujours moi que pleure le premier.

Le plus terrible, c'est que le seigneur Schahabaham ignore la mort de son favori et je me confie, mes amis, à votre discrétion.

VICTOR

Il faudra pourtant bien la lui annoncer.

MARÉCOT

Oui, mais s'il est une fois de mauvaise humeur, c'est fait de nous tous ; le danger commun doit nous réunir.

VICTOR

Comment le distraire et l'empêcher d'y penser ?

Scène 3e

LES MÊMES, ALI

ALI

Seigneur Marécot, deux marchands européens viennent de se présenter à la porte du palais ; ils prétendent que vous leur avez accordé audience pour ce matin.

MARÉCOT

Eh ! justement, ils ne pouvaient arriver plus à propos ; ce sont des commerçants ambulants, qui vendent, brocantent et achètent des rareté et des curiosités. J'ai à leur vendre une fourrure superbe. *(À Ali.)* Fais entrer ces négociants estimables et prie-les d'attendre. *(Ali sort.)*

Scène 4e

LES MÊMES (hors Ali).

MARÉCOT. *(Chant.)*

Oui, mes amis, cherchons bien,
Nous trouverons le moyen
Qui plaira,
Conviendra
À notre excellent pacha.
Il s'agit de le duper,
il s'agit de le tromper ;
Ainsi donc, entre nous
Je pense compter sur vous.
(Aux deux esclaves.)
Je vous le révèle,
Pas d'parole indiscrète,
Taisons-nous aujourd'hui
Sur la mort du favori.
Si sa déconv'nue
Des grands était sue,
Que de gens qui déjà
D'mand'raient sa place au pacha !

CHORUS

Oui, mes amis, cherchons bien, etc., etc.
(Sortie par le fond après le chant.)

Scène 5e

LAGINGEOLE, TRISTAPATTE. Ils sortent par la gauche, porte opposée à la ménagerie. Tristapatte triste.

LAGINGEOLE

Eh, bien, entre donc, Tristapatte, il n'y a rien à craindre, nous sommes près de l'appartement des favoris du pacha et de la ménagerie ; as-tu peur ?

TRISTAPATTE

Non, mais je ne peux pas entrer dans un endroit où il y a des esclaves, sans penser que peut-être mon pauvre Victor... je l'aimais tant...

LAGINGEOLE

Il est vrai que nous l'aimions bien, ce cher enfant, il était si beau, si doux, et surtout instruit... ah !...

TRISTAPATTE

Aussi c'est ta faute.

LAGINGEOLE

Comment, ma faute ?

TRISTAPATTE

Sans doute, tu me faisais un tas d'histoires pour le faire partir ; si je ne t'avais pas écouté, il ne serait pas parti en avant… et quand j'ai lu sur le papier que le bâtiment où était Victor avait fait naufrage sur les côtes d'Afrique… que peut-être des corsaires… ah ! maudits corsaires !… Enfin sans toi nous serions encore ensemble.

LAGINGEOLE

C'est vrai, mais aussi ; que diable, pourquoi te lamenter ainsi depuis trois années, moi je te dis que nous reverrons Victor, qu'il est peut-être plus heureux que nous… Du reste, cette affaire-là me fait autant de peine qu'à toi.

TRISTAPATTE

Oh non !

LAGINGEOLE

Oh si !

TRISTAPATTE

Je sans bien comment j'aimais mon neveu.

LAGINGEOLE

Je te dis que je l'aimais aussi… mais tiens ne songeons maintenant qu'à notre fortune.

TRISTAPATTE

Oui, elle est en bon train, notre fortune.

CHANT

D'un coup d'commerce tu me tentes
Tous deux nous entreprenons
D'réunir des bêtes savantes,
Et nous nous associons
De peur de la concurrence
Nous abandonnons Paris,
Et pour doubler not'finance,

Nous am'nons dans ce pays
L'ours savant et plein d'adresse,
Le chat savant qui miaule en ut ;
Bref, des savants de toute espèce,
C'était pis qu'un institut
Mais des gens de c't'importance
Mangeaient tous soir et matin :
Ne pouvant viv'de science,
En route ils sont morts de faim.
Lors avec eux j'm'en accuse
J'ai calmé mon appétit
Et j'ai la science infuse
Sans en avoir plus d'esprit.
Pour dernier coup… à notre âne
Nous v'nons de fermer les yeux,
Et de toute la caravane
Il ne reste que nous deux.

LAGINGEOLE

Et ne nous reste-t-il pas nos talents, notre industrie ? Avec de l'esprit, et j'en ai… de l'effronterie, et tu en as, on se tire de tout.

TRISTAPATTE

V'là que je suis un effronté maintenant.

LAGINGEOLE

Enfin, n'est-ce pas toujours toi qui te mets en avant ?

TRISTAPATTE

C'est-à-dire que tu me mets toujours en avant, et je commence à en avoir assez. S'il y a quelque danger à courir, quelques coups de bâton à recevoir, c'est toujours pour moi, voilà mes profits ; nous devrions au moins partager.

LAGINGEOLE

Tout peut se réparer. Si nous pouvions faire ici quelque bonne opération de commerce.

TRISTAPATTE

Mais je te répète que nous n'avons plus rien.

LAGINGEOLE

Justement, c'est comme ça qu'on commence. Si nous avions seulement avec nous cette petite baleine qu'on a pêchée dernièrement dans le journal de Paris, sur les côtes de Holstein… c'était là un joli cadeau à faire au pacha de ce lieu, si nous l'avions !

TRISTAPATTE

Oui, mais ne l'ayant pas…

LAGINGEOLE

Comment dis-tu ?…

TRISTAPATTE

Je dis : ne l'ayant pas…

LAGINGEOLE

Si tu vas parler comme ça devant le pacha, on aura une belle opinion de nous. Mais, silence ! on vient. Dis toujours comme moi, et tenons-nous prêts à profiter des bonnes occasions.

Scène 6e

LES MÊMES, Marécot

MARÉCOT, *à part, sans les voir*

Je fait tout ce que j'ai pu pour assoupir la fatale nouvelle, et grâce au prophète, le pacha ne se doute encore de rien. Je l'ai laissé occupé à regarder des petits poissons rouges que se remuent dans un bocal, et en voilà pour une bonne heure. *(Apercevant les deux marchands.)* Ah ! ce sont ces marchands européens ?

TRISTAPATTE, *à part, à Lagingeole*

Oui, marchands… sans marchandises.

LAGINGEOLE, *à part, à Tristapatte*

Veux-tu te taire ! *(Haut.)* Il est vrai de dire que nous possédons un assortiment complet d'animaux curieux, de bêtes savantes, d'animaux les plus rares.

MARÉCOT

Cela se rencontre à merveille… nous qui voulons donner au pacha une petite fête… un divertissement.

LAGINGEOLE

Une fête !… J'ai ce qu'il vous faut. *(Montrant Tristapatte)*. J'ai l'honneur de vous présenter mon camarade qui danse fort bien sur la corde.

TRISTAPATTE, *bas à Lagingeole*

Mais tais-toi donc, tu sais bien que ce n'est pas vrai.

LAGINGEOLE, *de même*

Eh ! mon ami, avec un balancier, tu t'en tireras tout comme un autre.

MARÉCOT

Ce n'est pas cela que j'entends ; je veux dire quelque rareté en fait d'animaux. *(Lagingeole frappe sur l'épaule de Tristapatte et a l'air de le présenter à Marécot.)* eh bien ! c'est bon. Il faut vous dire que le pacha aime beaucoup les bêtes savantes, et nous avions ici un ours blanc que faisait ses délices.

TRISTAPATTE, *à part*

Un ours ! Nous qui en possédions un si beau.

LAGINGEOLE, *vivement, après avoir rêvé*

Un ours, dites-vous ? J'ai justement ce qu'il vous faut.

TRISTAPATTE, *bas à Lagingeole*

Mais tu sais bien qu'il est mort.

MARÉCOT

Comment ! Il serait possible ? Vous auriez notre pareil ?

LAGINGEOLE

Oh ! exactement semblable, excepté, par exemple, qu'il est noir, mais en fait de talents, la couleur n'y fait rien, et je vous livre celui-là comme le premier ours du monde. Il a fait l'admiration de toutes les cours et ménageries de l'Europe. En ce moment il arrive directement de Paris, où il avait été appelé par souscription. Cet ours dans le séjour qu'il a fait à Paris, a pris les belle manières et les gentillesse des citoyens de cette grande ville. Il boit, il mange, pense et raisonne comme vous et moi pourrions le faire.

MARÉCOT

C'est admirable.

LAGINGEOLE

Il joue, il danse comme une personne naturelle. Je n'ai pas encore lui apprendre à chanter ; ça viendra ; mais en revanche, il pince la harpe, de la guitare divinement et il a manqué de figurer dans une représentation à bénéfice pour le doyen… des ours.

MARÉCOT, *enthousiasmé*

Ah ! mon ami, mon cher ami, nous sommes sauvés : je prédis à vous et à votre ours le sort le plus brillant ! Par exemple, si celui-là ne devient pas le favori du pacha !… Mais ce n'est pas tout : le pacha aime aussi les poissons ; il nous faudrait donc un poisson extraordinaire.

TRISTAPATTE

Je vous comprends bien ; vous ne voudriez pas un roquet de poisson, un goujon, par exemple.

LAGINGEOLE

J'y suis, monsieur voudrait un beau poisson, un poisson comme on n'en voit pas beaucoup.

MARÉCOT

Je pourrai fort bien m'arranger de votre ours, mais…

TRISTAPATTE, *à Lagingeole*

Tu n'entends donc pas ce que dit monsieur ?

LAGINGEOLE

Comment ?

TRISTAPATTE

Tu dis à monsieur : Prenez mon ours.

LAGINGEOLE

Eh bien ?

MARÉCOT

Eh bien ?

TRISTAPATTE

Eh bien ? Qu'est que monsieur t'a demandé ?

MARÉCOT

Qu'est-ce que j'ai dit à monsieur ?

LAGINGEOLE

Qu'est-ce que j'ai répondu ? Prenez mon ours.

TRISTAPATTE, *à part*

Prenez mon ours… il ne sortira pas de là.

MARÉCOT

Votre ours fera donc le poisson ?

LAGINGEOLE

C'est son état ; c'est un ours marin.

MARÉCOT, *stupéfait*

Un ours marin ! ah ! le pacha en perdra la tête. Mon ami, notre fortune est faite, la vôtre et la mienne.

LAGINGEOLE, *bas à Tristapatte*

Entends-tu ? notre fortune *(haut)* et dites-moi, seigneur Marécot est-il bon homme.

MARÉCOT

Il est d'une douceur et d'un laisser-aller qui vous étonneront.

COUPLET

AIR : Chez les belles à mon début.
Il a bon ton, il a bon air ;
Pourtant, malgré sa bonhomie,
De son cousin le dey d'Alger
Il a quelquefois la manie :
Tout à coup lui prend un accès,
Pour un rien, il s'emporte, il gronde.
Il vous tue... et l'instant d'après
C'est le meilleur homme du monde.

LAGINGEOLE

Je connais ça. C'est la maladie du pays.

MARÉCOT

Mais surtout, il n'aime pas à attendre... ainsi hâtez-vous d'amener votre ours. Schahabaham donne aujourd'hui même une fête à toute sa cour et je dois vous dire que parmi tous les invités, il y a un jeune esclave français que le pacha aime beaucoup ; cet esclave n'en est pas un pour lui, puisqu'il veut qu'il porte le costume turc dans toute sa richesse ; il ne le sait pas français ; c'est tout une histoire que je vous conterai plus tard. J'ai encore un autre marché à vous proposer, mais nous en parlerons dans un autre moment. Le pacha ne peut tarder à paraître, hâtez-vous donc de quitter ces lieux.

(Il sort.)

Scène 7e

TRISTAPATTE

Ah ça ! mon ami Lagingeole, dis-moi, si par hasard tu n'as pas perdu la tête, d'aller promettre au pacha un ours qui joue et qui danse ; où veux-tu que nous trouvions une bête comme celle-là ?

LAGINGEOLE

Comment ? tu ne devines pas qui est-ce qui est la bête ?

TRISTAPATTE

Ma foi, non.

LAGINGEOLE

Eh bien ! mon ami, c'est toi.

TRISTAPATTE

Comment ? Je suis la bête ?

LAGINGEOLE

Eh ! oui, c'est toi qui es la bête ; car tu ne comprends rien. Ne te rappelles-tu pas que nous avions un ours ?

TRISTAPATTE

Oui, mais il est mort, il ne nous en reste plus que la peau.

LAGINGEOLE

Eh bien ! je te mets dedans.

TRISTAPATTE

Tu me mets dedans, je comprends bien ça ; voilà positivement ce que je ne veux pas. Tu n'en fais jamais d'autre.

LAGINGEOLE

Songe donc que tu es justement de sa taille, que tu danses, que tu pinces de la guitare. Que diable ! je t'avais en vue ; le rôle est destiné pour toi.

TRISTAPATTE

C'est possible, mais un autre le jouera.

LAGINGEOLE

Songe d'ailleurs…

TRISTAPATTE

Tu as beau dire ; je ne serai pas ours ; je ne veux pas être ours. Diable ! ça sent trop le bâton.

LAGINGEOLE

Pense donc à notre fortune !

TRISTAPATTE, *se fâchant*

Je me moque bien de la fortune, moi, je méprise la fortune, je suis philosophe, et je ne veux pas être ours.

LAGINGEOLE

Eh ! mon ami, l'un n'empêche pas l'autre. *(On entend préluder sur un instrument.)* Silence ! on chante.

(Ils écoutent tous les deux ; pendant le couplet de Victor, signes de joie, de surprise de Tristapatte.)

(Victor, en dedans.)

COUPLET

Combien j'ai douce souvenance
Du joli lieu de ma naissance,
Amis, qu'ils étaient beaux ces jours
De France !
Ô mon pays ! sois mes amours
Toujours.

TRISTAPATTE, *au comble de la joie*

Lagingeole ! Mon ami ! C'est bien lui ! C'est Victor.

LAGINGEOLE

Oui ! oui ! je reconnais sa vois.

TRISTAPATTE

Son chant m'a tout ému !

LAGINGEOLE

Et moi donc ? Le cœur me bat.

TRISTAPATTE

Cher Victor ! il pense à moi.

LAGINGEOLE

Oh ! oui, il pense à nous.

TRISTAPATTE

À nous ! comme tu voudras, mais je suis son oncle, et toi…

LAGINGEOLE

Et moi ton associé, ton ami ; et je me félicite qu'il nous soit rendu.

TRISTAPATTE

Pas encore… comment pourrons-nous pénétrer auprès de lui ?

LAGINGEOLE, *ayant réfléchi, frappe sur l'épaule de Tristapatte qui lui tourne le dos*

Ah ! mon ami !

TRISTAPATTE, *fait un saut de frayeur et jette un cri*

Ah ! qu'est-ce que c'est donc ?

LAGINGEOLE

Une idée sublime, admirable !

TRISTAPATTE, *se remettant*

Cet être-là me fait des peurs à mourir. Eh bien ! quelle idée ?

LAGINGEOLE

Mets-toi en ours.

TRISTAPATTE

Encore ? Tu vas recommencer la scène ?

LAGINGEOLE

C'est le seul moyen de te rapprocher de ton neveu sans danger, et de t'en faire reconnaître.

TRISTAPATTE

Comment ! tu veux qu'il me reconnaisse quand je serai en ours ?

LAGINGEOLE

Sois donc tranquille ; je me charge de causer avec lui et de le prévenir en particulier.

TRISTAPATTE

Tu lui diras donc : il y a quelque chose là-dessous ?

LAGINGEOLE

Sans doute. Tu ne peux pas tout faire ; je suis trop juste pour l'exiger. *(On entend une brillante musique dans le lointain.)* Mais j'entends le bruit des fanfares ; partons et revenons au plus vite.

(Ils sortent par la gauche.)

Scène 8e

SCHAHABAHAM, MARÉCOT, VICTOR, AUGUSTE en grand costume arabe, suite d'esclaves, Arabes, etc., etc. Schahabaham va s'asseoir sur son trône ; Marécot, Victor, Auguste, se tiennent debout à ses côtés ; la troupe forme un demi-cercle au milieu du théâtre.

CHOEUR

AIR : Carabosse (de Riquet à la houppe).
Quelle fête
Qui s'apprête.
Amis, crions : Allah !
Chantons, chantons, crions : Allah !
Gloire ! honneur à notre pacha,
A ce pacha si grand, si bon !
Il vient ici, amis, chantons :
Quelle fête
Qui s'apprête.
Amis, crions : Allah !
Chantons, chantons, crions : Allah !

SCHAHABAHAM

C'est bon *(six fois).*
(Victor lui présente une longue pipe et Auguste du feu.)

SCHAHABAHAM

Ainsi donc il est censé que nous sommes ici pour nous amuser ; en conséquence, je déclare que le premier qui ne s'amusera pas, je lui fais couper la tête tout de suite.

MARÉCOT, *s'inclinant à l'orientale*

Premier rayon de la lumière sans fin, je viens t'offrir mon hommage et me précipiter à tes genoux pour baiser la poussière de tes souliers, c'est-à-dire de tes babouches.

SCHAHABAHAM, *lui présente le pied*

Baise, mon ami, baise…

MARÉCOT

L'autre, s'il vous plaît.

SCHAHABAHAM, *lui donnant l'autre pied.*

Mais sois gai, c'est l'ordre du jour. Ne m'as-tu pas promis que nous aurions une bête curieuse ?

MARÉCOT

Oui, seigneur, un ours marin. *(Allant au-devant de Lagingeole qui paraît au fond.)* Voici son conducteur que j'ai l'honneur de présenter à votre hautesse, il parle…

Scène 9e

LES PRÉCÉDENTS, LAGINGEOLE

SCHAHABAHAM

J'aime beaucoup les ours, moi ; ainsi, soyez le bienvenu, mon garçon.

VICTOR, *à part*

Dieu ! me trompé-je ? C'est Lagingeole, l'associé de mon oncle.

MARÉCOT, *à Lagingeole*

Vous pouvez commencer, mon brave homme.

LAGINGEOLE

L'ours incomparable amené des forêts du nord dans Paris et de Paris dans ces augustes lieux, pour les plaisirs du grand, du puissant, du vertueux, du… *(il cherche à se rappeler le nom).*

MARÉCOT

Allons, allons ; peut-on oublier un si beau nom ? Schahabaham…

LAGINGEOLE

Du généreux Schahabaham.

SCHAHABAHAM, *à part*

Il est très-honnête.

LAGINGEOLE, *continuant sa réplique*

Va paraître à vos yeux.

VICTOR, *à part*

Qu'est devenu mon oncle ?

LAGINGEOLE

Il ne s'agit point ici, Noble Seigneur, Illustre Pacha, comme tant d'autres… pourraient vous le faire voir, d'une chèvre qui danse sur la corde, ou… d'un chien savant qui joue aux dominos, ou fait des comptes d'arithmétique…

SCHAHABAHAM

Comment ? des chiens mathématiciens ! Est-ce qu'il y en a ?

LAGINGEOLE

J'en attends, et j'aurai l'honneur de vous les offrir. Je vais commencer par vous distribuer le programme des exercices.

SCHAHABAHAM

À la bonne heure ; car je n'entends jamais rien à un concert quand je n'ai pas le programme.

LAGINGEOLE, *après avoir distribué au pacha, à Marécot et à plusieurs autres, en donne un à Victor et lui dit à voix basse*

Lisez.

VICTOR

Que vois-je ? *(Lisant.)* L'ours est votre oncle. *(À part, dissimulant.)*

Scène 10e

LES PRÉCÉDENTS, TRISTAPATTE en ours noir, conduit par un esclave.

CHOEUR

J'admire vraiment
ce spectacle étrange ;
J'admire vraiment
Cet ours étonnant.

VICTOR, *à part*

Grand Dieu ! quoi, c'est lui !
Comme ça le change !
Qui croirait qu'ici
J'vois mon oncl'chéri ?
(Pendant ce chœur l'ours danse avec un bâton.)

LAGINGEOLE

Si sa Grandeur daigne lui commander, il obéira.

SCHAHABAHAM, *parlant à l'ours*

Animal surprenant, dites-moi… *(À part.)* Ma foi, je ne sais quoi lui dire moi-même. *(Haut.)* Dites-moi, animal surprenant, surprenant animal. *(À l'ours que s'approche trop près de lui.)* Éloignez-vous donc, vous pourriez me dévorer, mon cher. *(À Lagingeole.)* Je serais curieux de l'entendre griffer sur la guitare un morceau de sa composition, comme on me l'a promis.

LAGINGEOLE

Seigneur, vous allez être satisfait.

SCHAHABAHAM

La musique est-elle vraiment de sa composition ?

LAGINGEOLE

Oui, Seigneur, lisez le programme.

SCHAHABAHAM

On l'aura sans doute un peu retouchée. Enfin nous allons en juger.

LAGINGEOLE

Messieurs, la plus grande attention : l'ours va commencer.

(Un esclave apporte une guitare, l'ours griffe l'air : « Au clair de la lune. »)

LAGINGEOLE

Admirez cet air chéri par tous les amateur de l'art

SCHAHABAHAM

On a beau dire, il n'y a que les Européens pour ces choses-là ; un ours turc n'en ferait jamais autant. Dites-moi, l'homme, comment vous y êtes-vous pris pour instruire cet animal d'une manière aussi surprenante ? Si vous me répondez juste, je vous nomme gouverneur de mes enfants.

LAGINGEOLE

Seigneur, vous prenez un ours ; il faut pour cela qu'il soit jeune ; cependant il serait vieux que ce serait absolument la même chose. Vous l'élevez comme il faut, je dis, comme il faut, car là-dessus chacun a sa manière, et je n'en puis fixer aucune particulièrement. Vous lui donnez de l'éducation, et il se trouve instruit, s'il profite de vos leçons.

SCHAHABAHAM

Parbleu ! vous m'étonnez autant que votre ours. Mais comment diable avez-vous pu le rendre musicien ?

LAGINGEOLE

Seigneur, je lui ai appris la musique.

SCHAHABAHAM, *à part*

Cet homme-là s'exprime avec une clarté, une facilité qui me surprennent ! *(Haut.)* Votre ours danse-t-il, mon ami ?

LAGINGEOLE

Oui, Seigneur. Allons, Rustaut, faites vos invitations.

SCHAHABAHAM

Qu'il prenne pour danser mes deux jeunes esclaves. *(Il désigne Victor et Auguste).*

LAGINGEOLE

Obéissez, Rustaut.

(L'ours s'approche des deux esclaves, ils dansent tous les trois au son de la musique, ensuite ils forment le rond et l'ours approche sa tête de Victor comme s'il voulait lui parler bas à l'oreille.)

VICTOR, *à part*

Ciel ! protège mon pauvre oncle.

(Reprise du chœur).

Quelle fête
Qui s'apprête !
Amis, crions : allah !
chantons, chantons, crions : Allah !

(Tout le monde sort, l'ours s'échappe des mains de l'esclave et court après Marécot qui se sauve à toute jambe du côté opposé à la

foule.)

Scène 11e

SCHAHABAHAM, LAGINGEOLE.

LAGINGEOLE, *à part et regardant le pacha*
Que signifie cela ? Se douterait-il ?…

SCHAHABAHAM, *avec mystère*
Ils n'y sont plus. Je voulais vous prévenir d'une chose ; c'est qu'il m'est venu une idée.

LAGINGEOLE

Vrai ?

SCHAHABAHAM
J'ai d'autres ours dans ma ménagerie, car je ne vous cache pas que je les affectionne singulièrement ; j'en ai un surtout, mon ours de la mer glaciale, que j'ai fait élever d'une façon toute particulière. D'abord il y a en lui… d'excellents principes, il affectionne la chair humaine.

LAGINGEOLE

Vraiment ?

SCHAHABAHAM
Il a mangé dernièrement deux de mes eunuques que je lui avais donnés pour gouverneurs.

LAGINGEOLE

Pauvre bête !

SCHAHABAHAM

J'ai peur que ça ne lui fasse mal... parce qu'il paraît que c'est difficile à passer.

LAGINGEOLE

Je crois bien, parbleu, deux hommes.

SCHAHABAHAM

Alors, pour aider à la chose, je voudrais aujourd'hui faire danser mon ours avec le vôtre. Voilà mon idée ; je me disais tout à l'heure que deux ours qui danseraient l'allemande, ce serait bien plus gracieux et bien plus singulier. Est-ce que vous ne pourriez pas donner à mes ours quelques leçons de danse ?

LAGINGEOLE, *à part*

Ah ! diable !

SCHAHABAHAM

Mais moi je suis pressé de m'amuser, et si vous voulez commencer sur-le-champ, on va vous enfermer avec eux, rien qu'une petite demi-heure, cela suffira toujours pour les premières positions.

LAGINGEOLE, *à part*

Ah ! mon Dieu !

SCHAHABAHAM

Mais il faut vous dépêcher, parce que voyez-vous, je suis naturellement la douceur même ; mais quand mes gens me fâchent ou m'impatientent...

LAGINGEOLE

Eh bien, quel parti prenez-vous ?

SCHAHABAHAM

Dame ! je leur fais tout bonnement couper la tête.

LAGINGEOLE

C'est un moyen ; mais…

SCHAHABAHAM

Moi, je trouve que cela tranche les difficultés.

LAGINGEOLE

D'accord. Mais s'il m'était permis là-dessus de vous présenter mon système d'économie politique…

SCHAHABAHAM

Comment donc ! présentez-le, je vous en prie.

LAGINGEOLE

Vous savez sans doute ce que c'est que l'économie politique.

SCHAHABAHAM

Allez toujours, allez toujours.

LAGINGEOLE

Tenez, c'est moi qui serai l'exemple d'économie politique ; croyez-vous que mes animaux ne soient pas aussi difficiles à conduire. Mais si je leur faisais couper la tête, où diable serait l'économie, je vous le demande.

SCHAHABAHAM

C'est vrai. Cet homme-là est étonnant.

LAGINGEOLE

Je me contente de leur faire administrer la bastonnade, une forte bastonnade, encore pas à tous, car il faut aller proportionnellement, et vous sentez que si je la faisais donner à mes serins savants… mais je respecte en eux leur âge et leur faiblesse, et je ne leur donnerais pas même une croquignole.

SCHAHABAHAM

Comment, un croquignole ?

LAGINGEOLE

Oui, une croquignole. *(Il fait le geste du doigt.)*

SCHAHABAHAM

Ah ! Vous voulez dire une pichenette ?

LAGINGEOLE

Non, croquignole est le mot.

SCHAHABAHAM

Pichenette est plus usité.

LAGINGEOLE

Tenez, voilà ce qui a tout brouillé en politique ; on a cessé de s'entendre sur les mots, et alors…

SCHAHABAHAM

On dit pichenette.

LAGINGEOLE

On doit dire croquignole.

SCHAHABAHAM

Voilà justement mon conseiller intime qui s'avance vers nous ; nous allons le prendre pour juge.

Scène 12e

LES MÊMES, MARÉCOT.

MARÉCOT, *tout effaré*

Seigneur…

SCHAHABAHAM

Il ne s'agit pas de cela.

MARÉCOT

Mais, Seigneur…

SCHAHABAHAM

Tais-toi, tais-toi, te dis-je, et réponds. *(Il lui donne une pichenette sur le nez.)* Comment appelle-t-on ça ?

MARÉCOT

Ça ?

LAGINGEOLE

Ne l'influencez pas. *(Il lui en donne une aussi de l'autre côté.)* Oui, ça ?

MARÉCOT, *au pacha*

Aie ! Eh bien, il ne se gêne pas.

SCHAHABAHAM

Je lui en ai donné la permission.

MARÉCOT

Eh bien, cela s'appelle une chiquenaude.

LAGINGEOLE

Oh ! alors croquignole, pichenette, chiquenaude ; il y a un langage différent pour toutes les classes de la société.

MARÉCOT

Seigneur…

SCHAHABAHAM

Tu peux parler maintenant.

MARÉCOT

D'après vos ordres, on avait laissé l'ours de Monsieur se promener en liberté et on vient de le surprendre…

SCHAHABAHAM

Où ça ?

MARÉCOT

Vous ne le devineriez jamais… dans la salle réservée aux esclaves privilégiés et parlant ou plutôt ayant l'air de parler à votre favori.

SCHAHABAHAM

C'est admirable ! Un ours pénétrer dans les appartements du palais ! et avait-il bon air ?

MARÉCOT

Mais l'air de quelqu'un qui tient une conversation ; il paraît que c'est un animal bien caressant.

SCHAHABAHAM

C'est miraculeux ! jamais je n'aurais cru cela.

MARÉCOT

Du reste, je l'ai fait conduire dans la petite ménagerie, ici près.

LAGINGEOLE, *à part*

Grand Dieu ! dans la ménagerie ! pauvre Tristapatte !

MARÉCOT

Je présume que l'on peut compter sur sa sagesse, car il n'y a dans cette ménagerie que des oiseaux, des singes des bipèdes enfin.

LAGINGEOLE, *à part*

Je respire. *(Il aperçoit Tristapatte dans la ménagerie qui montre sa tête au-dessus de la grille et qui lui fait des signes de la patte.)* C'est lui.

SCHAHABAHAM

Je n'y tiens plus. Il faut absolument que je le voie aux prises avec mon ours de la mer glaciale. *(Tristapatte et Lagingeole se font des signe d'intelligence.)* Je donne douze mille sous d'or s'ils dansent ensemble la gavotte.

LAGINGEOLE, *regardant Tristapatte*

Douze mille sous d'or ! *(Tristapatte lui fait signe de refuser.)* Seigneur…

SCHAHABAHAM

Ah ! il le faut ou je me fâche. Eh bien ! Marécot, que vous ai-je dit ? allez me chercher la grande ourse de la mer glaciale et l'amenez ici pendant que je vais avertir tout le monde du spectacle qui va avoir lieu. *(À Lagingeole.)* Croyez-vous réellement qu'ils pourront danser la gavotte ?

LAGINGEOLE

Mais… Seigneur…

SCHAHABAHAM

Je l'ordonne d'abord. Ainsi, arrangez-vous, si je n'ai pas la gavotte, je fais trancher la tête aux deux danseurs, ainsi qu'à vous, messieurs. *(L'acteur s'adresse ensuite aux musiciens de l'orchestre.)* Et à vous tous, messieurs les musiciens. Sur ce, j'ai bien l'honneur de vous saluer. *(Il sort.)*

Scène 13e

MARÉCOT, LAGINGEOLE.

MARÉCOT

C'est qu'il est homme à le faire, et quel parti prendre ?

LAGINGEOLE, *à part*

Par exemple, si je sais comment me tirer de là, moi et le pauvre Tristapatte.

MARÉCOT

Ah ! seigneur Lagingeole, vous me voyez dans un embarras…

LAGINGEOLE, *à part*

Parbleu ! il n'y est pas plus que moi. *(Haut.)* Votre ours de la mer glaciale est donc bien méchant ?

MARÉCOT

Le pauvre animal ne fera jamais de mal à personne ; il est mort ce matin.

LAGINGEOLE

Parbleu !*(vivement)*. Mort, dites-vous ?

MARÉCOT

Hélas ! oui, et c'est sa peau que je voulais vous vendre. Le pacha qui compte sur lui pour danser la gavotte !… Ah ! je suis un homme perdu.

LAGINGEOLE

Ah ! mon ami, que c'est heureux ! Attendez… une idée lumineuse : dansez-vous un peu la gavotte ?

MARÉCOT

Ce que vous me demandez est très-déplacé. Vous me voyez au désespoir et vous venez me dire… comme si je pouvais avoir le cœur à la danse.

LAGINGEOLE

Il ne s'agit pas de cela. Dansez-vous la gavotte ?

MARÉCOT

Dame, la gavotte… le rigaudon… un cotillon… autrefois je m'en tirais pas mal.

LAGINGEOLE

Eh bien ! nous voilà tirés d'affaire. Le pacha est bon enfant dans sa férocité, et avec lui, le premier moment une fois passé… venez, je vais vous expliquer… je vais présider à votre toilette, et je cours après avertir le pacha que ses ordres sont exécutés et que le bal va commencer.

MARÉCOT

Comment ? Qu'est-ce que vous dites donc là ?

LAGINGEOLE

Oh ! ne craignez rien de mon ours, j'en réponds, et je ne le quitterai pas.

ENSEMBLE

AIR : *Quel tapage effrayant (de Michel et Christin).*

Allons, dépêchons-nous,
Notre maître va paraître ;
Allons, dépêchons-nous,
C'est ici le rendez-vous.
(On entend du bruit dans la ménagerie.)

LAGINGEOLE, *continuant bas*

Mais, quel est donc ce bruit ?

MARÉCOT

Sans doute quelque bipède
Vidant une querelle ;
Esquivons-nous sans bruit.
(Ensemble.)

TRISTAPATTE, *dans la ménagerie se disputant*

(Il chante avec les deux acteurs.)
Allons, finirez-vous ?
Ils viennent me prendre en traîtres.
Allons, finirez-vous ?
Je vous étrangle tous.
(Marécot et Lagingeole sortent.)

Scène 14e

TRISTAPATTE *sort par-dessus le mur, la tête d'ours sous son bras, il descend le long de l'arbre*

Pchit ! Pchit ! Ah ! le maudit animal ! il croit peut-être qu'il me fera peur, et que je me laisserai faire. Il m'a joliment mordu, malgré ça ; mais c'est en traître. Ah ! mon Dieu ! quel état que celui d'ours, puisqu'on ne peut même pas se faire respecter d'un singe. Il était là dans un coin, et je ne lui disais rien, quand il est venu m'attaquer. D'abord, le ciel est témoin que ce n'est pas mois qui ai commencé ; je suis connu, quand même ; mais malgré ma candeur naturelle, je me suis dit : je suis un ours enfin, et il faut que chacun tienne son rang. Je lui ai allongé un coup de griffe, et il m'a mordu. Aie ! C'est qu'il a emporté la peau : faites donc l'ours après cela, pour vous faire mordre, vous faire bâtonner ! Je vous demande s'il n'y a pas de quoi perdre la tête, et dans le désespoir où je suis, je ne sais pas trop qu'est-ce qui pourrait me la remettre. *(Regardant à gauche.)* Mais on vient. Dieu ! que vois-je ! C'est le grand ours de la mer glaciale. Remettons ma tête : il ne me fera peut-être pas de mal, me prenant pour son égal.

(Il remet sa tête d'ours.)

Scène 15e

TRISTAPATTE (en ours noir,) MARÉCOT (en ours blanc).

MARÉCOT, *à part sans voir l'ours noir*

Le projet est bouffon, mais s'il pouvait réussir. *(Apercevant Tristapatte.)* Eh bien ! Que vois-je donc là ? C'est l'ours du seigneur Lagingeole. Il m'avait promis de ne pas le quitter. Si je pouvais l'attraper par sa chaîne.

TRISTAPATTE, *à part*

Aie ! il s'avance vers moi. Oh ! oh ! ah ! ah ! *(il tâche d'imiter l'ours).*

MARÉCOT, *à part*

Miséricorde ! Il se fâche ! *(Il imite l'ours.)*

TRISTAPATTE, *à part*

Où fuir ? Il va me dévorer !

MARÉCOT, *à part, reculant*

Mais il est sauvage. Oh ! oh ! oh ! *(Il imite l'ours ainsi que l'autre ; tous deux cherchent à s'éviter ; ils parcourent le théâtre dans le même sens, se heurtent en voulant se fuir et leurs têtes d'ours tombent du côté opposé à leur personne.)*

(Tous deux stupéfaits.)

Ah Bah !

TRISTAPATTE

Comment ! c'est vous ? Je vous reconnais, vous êtes donc aussi dans les ours ?

MARÉCOT, *le regardant*

Je ne me trompe pas ; c'est l'associé de Lagingeole. Ah ! c'ses donc vous, marchand européen ? Venez donc un peu ici que nous causions. *(Les deux vont s'asseoir sur le trône.)* Comment se fait-il ? … *(On entend des fanfares.)* Ah ! mon Dieu ! Voici le pacha ! Vite à notre poste, ou nous sommes perdus.

(Ils ramassent vivement leurs têtes et les changent sans s'en apercevoir).

Scène 16e

LES PRÉCÉDENTS, SCHAHABAHAM, LAGINGEOLE, VICTOR, AUGUSTE, suite du pacha.

LAGINGEOLE, *au pacha*
Oui, Seigneur, vous allez être satisfait, et…

SCHAHABAHAM, *apercevant les ours qui ont changé de têtes*
Mais que vois-je ?

LAGINGEOLE, *à part*
Oh ! les maladroits ! qu'ont-ils fait ?

CHOEUR GÉNÉRAL
Grands dieux ! la singulière chose !
Et par quel inconnu pouvoir,
Cet ours dans sa métamorphose
Est-il moitié blanc, moitié noir ?

LAGINGEOLE
Je vais être leur interprète.
Tous ces beaux lieux, sur mon honneur
peuvent leur faire tourner la tête.

SCHAHABAHAM
Mais non la faire changer de couleur. *(Bis.)*

SCHAHABAHAM

Au fait, comment se fait-il que mon ours blanc ait la tête noire, et mon ours noir la tête blanche !

LAGINGEOLE, *se grattant l'oreille*

C'est la chose la plus aisé à comprendre. *(À part.)* Que le diable les emporte !

SCHAHABAHAM

Aisé à comprendre ; c'est aisé à dire. Expliquez-vous donc.

VICTOR, *à part*

Comment reconnaître mon pauvre oncle dans ce chaos d'ours ?

LAGINGEOLE, *après réflexion*

Messieurs, vous n'êtes pas sans avoir lu M. de Buffon, et le traité d'Aristote sur les quadrupèdes ?

SCHAHABAHAM

Certainement nous les avons lus. Comment se fait-il qu'un ours qui avait la tête noire l'ait blanche maintenant ?

LAGINGEOLE

Vous allez me comprendre tout de suite, parce que, Dieu merci, je ne parle pas à une buse, mis au grand Schahabaham, le prince le plus éclairé de l'Orient.

SCHAHABAHAM

Vous êtes bien bon. Voyons.

LAGINGEOLE

Cet animal fidèle sait qu'il a changé de maître, et vous êtes beaucoup trop instruit pour ne pas connaître l'effet de la douleur sur les âmes sensibles. On a vu des personnes naturelles qui dans l'espace d'une nuit voyaient blanchir leurs cheveux à vue d'œil.

SCHAHABAHAM

Ça, c'est vrai, je comprends ; mais cet autre qui est blanc et qui a la tête noire ?

LAGINGEOLE, *réfléchissant et se grattant l'oreille*

Ah ! pour celui-là, je fous avoue que je suis fort embarrassé, et je ne crois pas… à moins cependant qu'il n'ait pris perruque, ce que je n'ose affirmer. C'est impossible ! Je sais qui est-ce qui peut me rendre compte… *(Appelant.)* Marécot !

MARÉCOT, *s'oubliant et se retournant*

Plaît-il ?

SCHAHABAHAM, *étonné*

Il me semble qu'un de vous a parlé ?

LAGINGEOLE, *vivement*

C'est impossible !

SCHAHABAHAM

Je l'ai bien entendu, peut-être. Je veux savoir lequel m'a répondu.

LAGINGEOLE

Vous voyez qu'ils ne vous répondent pas.

LAGINGEOLE

C'est qu'ils y mettent de l'obstination ; mais je vais leur apprendre à parler, moi ; qu'on leur coupe la tête.

VICTOR, *effrayé*

Ah ! Seigneur, qu'allez-vous faire ? Au nom de Mahomet…

SCHAHABAHAM

Que ces jeunes gens dont femmelettes ! parce qu'on a surpris un de ces ours près de lui… Mais, je ne veux pas vous refuser, je vous permets d'en sauver un ; point de pitié pour l'autre.

VICTOR, *bas à Lagingeole*

Que faire ? Comment le reconnaître ?… Dites Lagingeole, lequel est mon oncle ?

LAGINGEOLE, *bas*

Ma foi, je n'y suis plus du tout.

VICTOR, *bas*

Je n'ose…

SCHAHABAHAM

Mon grand estafier, tranchez le différend ; apportez-moi leurs têtes.

(Le grand estafier s'avance, son cimeterre à la main.)

(Marécot et Tristapatte prennent leurs têtes et les déposent aux pieds du pacha.)

(Ensemble)

Voilà les têtes demandées.

SCHAHABAHAM, *surpris*

Qu'est-ce que c'est que ça ? Mon conseiller en ours ! Et quelle est donc cette autre bête ?

VICTOR, *avec supplication*

Seigneur, c'est mon oncle.

SCHAHABAHAM, *furieux, d'une voix forte*

Qu'entends-je ? ainsi tout le monde me trompait ? Ces ours n'étaient pas des ours ; et ce jeune homme qu'on m'avait donné comme un véritable musulman, comme neveu de mon conseiller, était français et le neveu de cet animal !… *(Il montre Tristapatte.)*

Vengeance ! vengeance !

CHOEUR GENERAL

(tous tombent à genoux).

Grâce ! grâce ! grâce ! grâce ! grâce !

SCHAHABAHAM

Mais laissez-moi donc avec vos grâces !... C'est bien mon intention, mais vous m'en ôtez le mérite... il faut que je m'amuse en leur faisant peur.

(Tous se lèvent)

Ah ! que vous êtes bon !

LAGINGEOLE

Seigneur, quand me paiera-t-on mes émoluments comme gouverneur de vos enfants ?

TRISTAPATTE

Et moi comme ours, hein ?

SCHAHABAHAM

Il est encore bon, celui-là, il m'en fait gober de toutes les couleurs et, sa tête à la main, demande son salaire. Partagez-vous les douze mille sous d'or.

COUPLET FINAL

(À Marécot)

Tu m'as rendu ma belle humeur
Lorsque je t'ai vu ventre à terre ;
Ce trait t'assure ma faveur,
Je te nomme grand secrétaire.

MARÉCOT

Cela m'était bien dû d'ailleurs,
Si je crois nos grands diplomates

Il faut, pour grimper aux honneurs
Savoir aller à quatre pattes.

(Tristapatte à Marécot, l'invitant à passer devant lui pour parler au public ; ils se font tous deux plusieurs révérences comiques et Tristapatte commence le second couplet final.)

(À Marécot).

Monsieur, c'est à vous de passer.

MARÉCOT

Monsieur, c'est à vous, ce me semble.

TRISTAPATTE

Monsieur, vous devez commencer.

MARÉCOT

Eh bien ! commençons donc ensemble.

(Tous deux au public).

Je crains que plus d'un trait malin
Sur mon collègue et moi n'éclate,
Mais vous pouvez d'un coup de main
Nous sauver plus d'un coup de patte.